AF311615

CABINET

DE

M. EUGÈNE TONDU

TABLEAUX ANCIENS

ET QUELQUES-UNS DE L'ÉCOLE MODERNE

EXPOSITIONS {
PARTICULIÈRE, le Samedi 8 Avril 1865
PUBLIQUE, le Dimanche 9 Avril 1865

M⁰ Ch. PILLET, Commissaire-Priseur

M. FEBVRE, Expert

PARIS. IMPRIMERIE DE PILLET FILS AÎNÉ
5, RUE DES GRANDS-AUGUSTINS.

COLLECTION TONDU

CONDITIONS DE LA VENTE

Elle sera faite au comptant.

Les adjudicataires payeront *cinq pour cent* en sus des enchères, applicables aux frais.

Ce Catalogue se distribue :

Chez MM.

A *Paris*,	CHARLES PILLET, commissaire-priseur, 11, rue de Choiseul.
—	FEBVRE, expert, 12, rue Laffitte.
—	MANNHEIM, experts, 10, rue de la Paix.
A *Londres*,	COLNAGHI, 14, Pall-Mall-East.
—	H. DURLACHER, 113, New-Bond street.
—	FARRER.
—	GAMBARD, 120, Pall-Mall.
A *Bruxelles*,	ETIENNE LEROY, 12, place du Grand-Sablon.
—	HÉRIS, 46, place Saint-Léger.
A *La Haye*,	VAN GOGE, marchand d'estampes.

DÉSIGNATION
DES TABLEAUX

ÉCOLE FRANÇAISE

AUBRY (ÉTIENNE)

1 — Le Retour du soldat.

Charmante esquisse.

ADAM (VICTOR)

2 — Le Bivouac.

BARBIER

3 — Les Amants surpris.

1

BÉNARD (Jean-Baptiste)

4 — Fête champêtre.

Œuvre capitale.

5 — Bal costumé.

Charmante composition.

BLANCHARD (G.)

6 — Héron et Gibier mort.

BILCOQ (Louis). Signé, 1784.

7 — La Consultation.

Alchimiste dans son laboratoire, recevant la visite d'une jeune femme.

Collection de madame la duchesse de Raguse.

8 — Intérieur; Vieille Femme prédisant l'avenir à une villageoise.

9 — Port de mer.

10 — Écolier dessinant.

BOILLY (Louis)

11 — La Partie de dominos au Café de la Régence.

12 — La Pénitence.

         Esquisse.

BOUCHER (François)

13 — Le Pigeonnier.

  Sur le devant, un pêcheur sur le bord d'une rivière; dans le fond, un pont conduisant à un pigeonnier faisant partie d'une ferme.

14 — Le Petit Messager.

    Délicieux tableau du maître; sujet gravé.

15 — Amour gravant un écusson.

16 — Groupe d'Amours sur des nuages.

17 — Baigneuse.

18 — Vénus chez Vulcain.

       Grisaille, esquisse.

BOUCHER (François)

19 — L'Offrande à l'Amour.

Esquisse.

20 — Paysage avec rivière.

21 — Vénus sur les eaux.

Esquisse.

BOUCHER. Attribué à.

22 — Amour géomètre.

BOUCHER. Genre de.

23 — Jeunes Amants.

24 — La Partie de cartes.

25 — Couple amoureux.

BONNINGTON. Attribué à.

26 — Intérieur ; quatre figures.

Esquisse.

BONNINGTON. Attribué à.

27 — Intérieur de cloître.

BOREL

28 — Les Amants en défaut.

BOREL. Attribué à.

29 — L'Abbé galant.

BRUANDET. Figures par SWÉBACK

30 — Le Bois de Boulogne.

BRUANDET

31 — Intérieur de forêt.

CASANOVA

32 — La Chasse au faucon.

CASANOVA

33 — L'Écurie.

34 — L'Agneau chéri.

CASKEL

35 — Une vue de l'ancien Paris; grande quantité de figures.

36 — Port de mer.

CARESME (Jacques)

37 — Bacchantes et Faunes dans un paysage.

38 — Même genre de composition et pendant du précédent.

CHARDIN (Siméon)

39 — Satyre et petits Faunes.
Grisaille imitant un bas-relief en marbre.

40 — Bacchante et petits Faunes.
Grisaille imitant un bas-relief en marbre.

CHARDIN (Siméon). Attribué à.

41 — Vase, bouteille, pot, pomme, pain et plat, le tout posé
sur une table.

42 — Portrait d'homme, vu en buste; il tient un chien épagneul.

43 — Fruits, chaudron et gigot, le tout groupé sur une table.

CHARPENTIER

44 — La Leçon de vielle.

45 — La Marchande de fleurs.

46 — Petit Villageois en buste.

47 — Jeune Villageois donnant des cerises à ses enfants.
Signé en toutes lettres, 1798.

48 — La Ravaudeuse; intérieur, trois figures.

CHARPENTIER. Attribué à.

49 — Portrait présumé de ce maître.

CHAVANNES

50 — Paysage.

A gauche, tertre boisé ; au centre, une route où causent des bergers ; puis une rivière. A droite, quelques fabriques.

CLOUET (dit JANET). Genre de.

51 — Portrait d'Anne de Bretagne.

52 — Dame de la cour de Henri II.

CLOUET (JANET). D'après.

53 — Portrait d'Élisabeth d'Autriche, femme de Charles IX.

54 — Portrait de Henri II.

55 — Personnage de l'époque de Henri IV.

CRÉPIN (LOUIS)

56 — Paysage avec cascade.

CRÉPIN (Louis)

57 — Grotte sur le bord de la mer.

58 — Forêt de Fontainebleau.

DAEL (Van). Signé.

59 — Pêches et Raisins.

Peinture sur marbre.

DAEL (Van). Genre de.

60 — Fleurs et Fruits.

DEBUCOURT (Philippe)

61 — Le Théâtre des marionnettes.

62 — Intérieur villageois.

DE MACHY (Pierre)

63 — Un marché.

DEMARNE

64 — Route aux environs de Paris.

Collection Thévenin.

DEMARNE. Attribué à.

65 — Villageois se rendant au marché.

DELAPORTE-ROLAND

66 — Poissons et Légumes.

67 — Ustensiles de ménage et Légumes.

DESPORTES (François)

68 — Prunes dans un panier.

69 — Chiens lévriers.

Étude.

DIÉBOLT

70 — Marine; gros temps.

DIÉBOLT

71 — Port de mer; soleil levant.

DROLLING (Martin)

72 — Intérieur villageois.

DUMESNIL (P.-F.)

73 — Jeune Villageois endormi.

74 — Petit Joueur de flûte.

75 — Le Marché des Innocents.

76 — Une Soirée chez Boileau.

DUNOUY (A.)

77 — Deux paysages; soleil couchant.

DUMOULIN-DARCY

78 — Tambour battant la charge.

EISEN père

79 — Portrait de Fusée de Voisenon.

80 — Portrait de madame Favard, née Duronceray.

EISEN (Charles)

81 — Groupe d'enfants.

FAVRAY (le chevalier)

82 — Couple amoureux dans un parc.

83 — Parcs animés de figures.

Deux pendants.

FRANQUELIN

84 — La Leçon de chant; trois figures.

Bon temps du maître.

FRAGONARD (Honoré)

85 — Paysage. Sur la droite, cabaret rustique; sous une tonnelle, des buveurs attablés.

FRAGONARD

86 — Intérieur de parc, animé de figures.

87 — Vache dans un paysage.

FRAGONARD (Honoré). École de.

88 — Le Sommeil de l'Amour.

89 — Le Baiser.

GENILLION (J.-B.). Signé.

90 — Une vue de la Seine et du vieux Louvre.

GERARD (Mlle)

91 — L'Heureuse famille.

GÉRICAULT. Attribué à.

92 — Cheval blanc à l'écurie.

Étude.

GÉRICAULT. Attribué à.

93 — Cheval bai.

Étude.

94 — Chevaux soignés par un palefrenier.

95 — Charge de cuirassiers.

96 — Cheval à l'écurie.

97 — Chevaux de poste et palefrenier.

GORP (Van)

98 — Couple amoureux.

GRANET

99 — Une Vue du palais des Tuileries.

Fixé.

100 — Intérieur d'église.

Fixé.

GREUZE. D'après.

101 — La Marchande de pommes.

GREUZE. D'après.

102 — Tête de jeune fille.

103 — Tête de Bacchante.

HAUDEBOURT-LESCOT (Mme)

104 — Femme des environs de Rome.

HENSIUS

105 — Petite Fille coiffée d'un capuchon.

HILAIRE

106 — Couple amoureux dans un parc.

HUE (J.-F.)

107 — Paysage avec cours d'eau.

HUET (J-B.)

108 — La Guerre et la Paix.

Vernis Martin.

HUET (J.B.)

109 — Têtes de chèvres.

Étude.

110 — Paysage avec moulin à eau.

111 — Le Sommeil d'Endymion.

112 — Le Modèle du peintre.

113 — Le Modèle du sculpteur.

JEAURAT

113 *bis* — Le Mari jaloux.

Gravé.

JOUVENET (Noel)

114 — Portrait de ce maître, de face, jusqu'aux genoux ; il tient de la main gauche sa palette et ses pinceaux.

JOYANT

115 — Une église à Madrid.

JULIARD (M.-J.)

116 — Paysage avec pont.

LAGRÉNÉE (Louis)

117 — La Peinture.

LACROIX

118 — Paysages, Marines.

Sites italiens. Deux pendants.

LANTARA (Mathurin)

119 — Paysage; effet de lune.

120 — Paysage; effet de lune.

121 — Port de mer; effet de lune.

122 — Paysage avec cours d'eau; effet de lune.

123 — Paysage; effet de lune.

124 — Paysage, Marine; effet de lune.

125 — Incendie d'un village; effet de lune.

LANTARA. Attribué à.

126 — Paysage avec rivière; clair de lune.

LANCRET. Genre de.

127 — Le Repas sur l'herbe.

LAJOUE (JACQUES)

128 — Pierrot et Colombine, près d'une fontaine du parc de Versailles.

129 — Personnages portant des costumes travestis, groupés près d'un bassin du parc de Versailles.

LARGILLIÈRE (NICOLAS)

130 — Portrait de ce peintre.

LAWRENCE (NICOLAS)

131 — Intérieur; deux figures.

LAWRENCE. D'après.

132 — Intérieur; trois figures.

133 — Intérieur; trois figures.

LECLERE DES GOBELINS

134 — Le Départ pour la chasse.

135 — Le Repas après la chasse.

136 — Le Repas des moissonneurs.

137 — Le Berger galant.

138 — Amour aiguisant une flèche.

139 —· Petit Marchand de fruits.

140 — Moissonneurs.

LEGRAND (Mlle)

141 — Poissons.

LEDOUX (Mlle)

142 — Tête d'expression.

143 — L'Effroi.

LEMOINE (François)

144 — Mars et Vénus.

145 — Psyché et l'Amour.

LERICHE

146 — Vase contenant des fleurs.

LÉPICIÉ. Signé, 1744.

147 — La Visitation.

148 — Jeune Fille pleurant la mort d'un oiseau.

149 — Le Petit Boudeur.

LÉPICIÉ

150 — Villageoise buvant à une cruche.

151 — Petit Dessinateur.

152 — Portrait présumé de Lépicié.

152 *bis* — Un Buveur.

LEPRINCE (Xavier)

153 — Animaux dans un paysage.

154 — L'Étape.

Esquisse.

LOO (Carle van)

155 — Portrait de Marie Leczinska, presque de face, assise dans un fauteuil. Robe en velours rouge, bonnet blanc, cornette noire, boa et manchon en fourrure.

156 — Un Concert.

Esquisse.

LOO (Carle van). Ecole de.

157 — Causerie dans un parc; trois figures.

LIÉGOIS (Baptiste). Signé.

158 — Fruits et Légumes.

MALLET (Jean-Baptiste)

159 — Intérieur villageois.

MALLET. Genre de.

160 — L'Abbé galant.

MAYER

161 — Paysage.

Sur le devant, des colporteurs se reposent près d'un terrain éboulé ; plus loin, une rivière bordant un pâturage.

162 — Paysage avec route montueuse couronnée d'arbres ; sur le devant, près d'un ruisseau, un berger et quelques moutons.

MONSIAU (Nicolas)

163 — Fête à Priape.

MICHEL

164 — Paysage avec forteresse.

165 — Une Vue de la plaine Saint-Denis; effet d'orage et coup de soleil.

166 — Paysage; environs de Paris.

MIGNARD (Pierre)

167 — Portrait du duc de Bourgogne, petit-fils de Louis XIV.

MILLÉ (Francisque)

168 — Paysage historique.

169 — Les Cascatelles de Tivoli.

Deux pendants.

MONOYER (Baptiste)

170 — Vase contenant des fleurs.

171 — Fleurs.

MONOYER (Baptiste)

172 — Fleurs dans un vase.

173 — Fleurs dans un vase.

174 — Groupes de fleurs.

>Deux pendants. Très-belle qualité du maître.

MOREAU (Louis)

175 — La Promenade.

>Dame et gentilhomme entrant dans un parc.

176 — Le Parc.

>Au centre est une cascade ; sur le devant, un jardinier soigne des fleurs.

177 — Intérieur de parc.

178 — Causerie dans un parc.

179 — Intérieurs de parcs.

>Deux pendants.

180 — Le Retour.

>Trois personnages dans un parc.

MOREAU LE JEUNE

181 — La Leçon de musique.

182 — Baigneuse dans un paysage.

MOREAU LE JEUNE. Attribué à.

183 — Louis XVI et Marie-Antoinette.

184 — Une Soirée, avec Joueurs et Musiciens dans un vaste salon.

MOREAU LE JEUNE. D'après.

185 — La Déclaration.

186 — Le Coucher.

187 — Intérieur. Trois figures.

MOREAU LE JEUNE. Genre de.

188 — Intérieur. Trois figures.

189 — Deux Sujets tirés des Contes de La Fontaine.

NATTIER (Marc)

190 — Dame de l'époque du Régent.

NATOIRE (Charles)

191 — Le Triomphe de Galathée.

192 — La Mort d'Adonis.

OUDRY (J.-B.)

193 — Chiens et Canards sauvages.

OUDRY (J.-B.). Attribué à.

194 — Chiens de chasse et Gibier.

PATEL (Pierre)

195 — Paysage. Coucher de soleil.

A gauche et au centre, des ruines antiques; à droite, une cascade dominée par un pont; sur plusieurs points, des figures. Ciel doré, fond avec montagnes bleuâtres.

PIERRE (J.-B.)

196 — Le Message de l'Amour.

A droite est Vénus; près de son char, sur ses genoux, est appuyé l'Amour qui remet un message à Mercure.

PORRIEN

197 — Bergère endormie.

PRUD'HON (Pierre)

198 — Daphnis et Chloé.

Œuvre faite à Rome, donnée par Prud'hon au général de Champeaux, son compatriote et son ami.

RAGUENET

199 — Vue de l'Hôtel de Ville et du Quai de la Grève, sous Louis XV.

200 — Vue de la Seine et de Notre-Dame de Paris, prise du quai de la Tournelle.

201 — Vue du Quai de la Tournelle, du Pont de bois et de l'Ile Saint-Louis.

RAGUENET

202 — Vue du Pont-Neuf et de la Samaritaine.

203 — Vue de la Seine et du Château des Tuileries.

204 — Fête publique sur la Place de Grève, 1754.

RAOUX (Jean)

205 — Concert vocal.

206 — Concert instrumental.

RIGAUD (Hyacinthe)

207 — Portrait en buste du comte d'Évreux, commandant des armées de Louis XIV.

208 — Portrait du Régent.

ROBERT (Hubert)

209 — Le Colin-Maillard.

Dans un parc sont réunis des gentilshommes et des dames

élégamment parées; un personnage, les yeux bandés, est la victime de cette folle société qui n'épargne rien pour prolonger son martyre.

Charmante composition de dix-sept figures.

ROBERT (HUBERT)

210 — Personnages regardant la statue de Mercure au jardin des Tuileries.

211 — Paysage avec ruines.

Site italien.

212 — Paysage avec rivière.

213 — La Fontaine.

214 — La Grange.

215 — Son Portrait en buste.

216 — Deux Paysages avec ruines antiques et figures.

217 — Temple antique près d'une rivière.

218 — Vue des Cascatelles de Tivoli.

ROBERT. Attribué à.

219 — Une vue de Rome.

220 — Intérieur de parc.

ROBERT. Genre de.

221 — Paysage.

Site italien.

SABLET

222 — Officier supérieur grec.

SAINT-JEAN, de Lyon.

223 — Bouquet de roses.

SAUVAGE

224 — Deux grisailles imitant des bas-reliefs de Clodion.

SCHENAU

225 — Petite Servante tenant un balai.

SANTERRE (J.-B.)

226 — Jeune Femme à une fenêtre, écartant un rideau.

227 — Jeune Dame sous la figure d'Euterpe.

SPAENDONCK (CORNEILLE VAN). Attribué à.

228 — Groupe de belles Fleurs contenues dans un vase.

Panneau d'appartement.

SPAENDONCK (VAN)

229 — Fleurs.

SWAGERS

230 — Paysage : le Coup de vent.

SWÉBACK-DESFONTAINES

231 — Le Colin-Maillard.

232 — Halte d'un Convoi militaire.

SWÉBACK (Édouard)

233 — Le Phaéton.

234 — Halte de Lanciers.

TAUNAY (Antoine)

235 — Paysage.

Site montagneux; sur une route, quelques cavaliers et des chariots; dans le fond, campagne entrecoupée de collines.

236 — Marche d'un Convoi militaire.

237 — L'Orage.

THÉOLON (Étienne)

238 — Paysage avec Animaux gardés par des Villageois.

TOURNIÈRES (Robert)

239 — Gentilhomme de la cour du Régent.

Représenté debout dans un parc, il porte une perruque longue, habit gris, manteau en velours cramoisi; la main gauche posée sur la poitrine, la droite appuyée sur un piédestal.

TOURNIÈRES (ROBERT)

240 — Portrait d'un gentilhomme de la cour de Louis XV.

241 — Homme lisant.

TOURNIÈRES. Attribué à

242 — Artiste peintre terminant un tableau.

TRÉMOLIÈRE (PIERRE-CHARLES)

243 — Le Triomphe de Bacchus.

244 — Projet de plafond.

VALIN

245 — Les Caresses de l'Amour.

246 — Le Nid d'Amours.

247 — Entrée de bois avec marche d'animaux.

VALIN

248 — Jeune Femme nue, en buste.

249 — L'Amour et Psyché.

VESTIER

250 — Gentilhomme de l'époque de Louis XVI.

VERNET (Joseph)

251 — Les Cascatelles de Tivoli.

252 — Deux Vues des Cascatelles de Tivoli.

Esquisses, pendants.

253 — Petit paysage. Le Soir.

VERNET (Joseph). Attribué à.

254 — Marine.

A droite, de hauts rochers; sur le devant, une plage avec des marins et des pêcheurs; dans le fond, la mer avec navire gagnant le large.

VERNET (JOSEPH). Attribué à.

255 — Paysage, Marine.

256 — Marine; soleil couchant.

VERNET (JOSEPH). Genre de.

257 — Port de mer.

VIDAL

258 — Rose, Fruits et Nid d'oiseaux.

VIEN (MARIE)

259 — L'Amour conduisant une jeune femme au temple de l'Hyménée.

260 — Jeune Femme jouant de la harpe.

VITRENG

261 — Le Repos de Diane.

VALLEYER-COSTER (Mme)

262 — Bouteille, Carafe, Verre et Fruits, le tout posé sur une table.

VINCENT (André)

263 — Le Martyre de saint Barthélemy.

VIGNON (Claude)

264 — Dame de l'époque de Louis XIV.

WATTEAU. Attribué à

265 — Danse champêtre.

266 — Le Retour de campagne.

   Composition gravée. — Vente de Soycourt.

WATTEAU, de Lille

267 — Le Jardinier.

   Gravé sous ce titre.

268 — La Bouquetière.

   Gravé sous ce titre.

WATTEAU, de Lille

269 — Le Coup de l'étrier.

270 — Gardes françaises en bonne fortune.

WILLE fils

271 — Portrait d'un artiste peintre occupé à garnir sa palette.

WILLE père

272 — Dame de l'époque de Louis XVI, lisant.

273 — Le Matin.

Jeune femme vue en buste, de trois quarts à droite, le sein à demi-nu, les cheveux bouclés retenus par un collier de perles.

ÉCOLES

HOLLANDAISE & FLAMANDE

AELST (Guillaume van), 1658.

274 — Fleurs et accessoires.

BALEN (van), fleurs par van KESSEL

275 — Guirlande de fleurs entourant un médaillon, représentant la Vierge et Jésus.

BOUT et BAUDEWINS

276 — Fête villageoise.

Cabinet Saint-Victor.

277 — Un Site des bords du Rhin. Nombreuses figures.

278 — Paysage boisé.

BOUT et BAUDEWINS

279 — Paysage avec rivière. Sur le devant sont des villageois, des animaux, et plusieurs charettes attelées.

BERGHEM (Nicolas). Signé.

280 — Paysage avec figures et animaux. (Connu sous le titre Les deux Rives.)

BERKHEYDEN (Gérard)

281 — Ville hollandaise avec église.

Vente Dufouleur.

BOOL (Jean)

282 — Faisans.

283 — Oiseaux de basse-cour.

BOTH (Jean). École de.

284 — Paysage. Soleil couchant.

Site italien.

285 — Paysage avec muletiers, pâtres et animaux.

BOTH (Jean). École de

286 — Paysage.

Site italien.

BRAKENBURG (Richard)

287 — Quatre personnages regardant des danseurs.

BRAUWER. Genre de.

288 — Fumeur endormi.

BREENBREGH (Bartholomé)

289 — Saint Pierre priant.

290 — Femmes italiennes près d'une fontaine.

291 — Le Christ à la colonne.

BREKELENKAMP (Quiryn van)

292 — Femme âgée récitant son chapelet.

BREKELENKAMP (Quiryn van)

293 — Vieillard, mendiant.

294 — Vieille femme hollandaise occupée à filer.

BREUGHEL, dit DE VELOURS

295 — Paysage.

Au centre, une rivière et quelques bateaux ; à droite, un village ; dans le fond, des chaumières et un pont tournant.

296 — Paysage. Effet de neige.

297 — Paysage. Marine.

298 — Paysage baigné par une rivière.

299 — Le Paradis terrestre.

Cabinet Dufouleur.

300 — Jésus entrant à Jérusalem.

Cabinet Dufouleur.

301 — Paysage avec rivière.

302 — Paysage.

A droite, l'entrée d'un bois ; au centre, une rivière ; sur le devant, un chasseur qui tire sur un canard.

BREUGHEL (Pierre), dit d'Enfer

303 — Au centre d'un village des paysans célèbrent des fiançailles.

BRIL (Paul)

304 — Paysage.

Au centre, un château entouré d'une rivière ; à droite, l'entrée d'un bois avec chasseurs.

305 — Paysage. Repos de la Sainte Famille.

Colllection Dufouleur.

306 — Madeleine repentante.

BRUYN (J.-C.)

307 — Fruits et insectes.

CAPEL (Guillaume van)

308 — Marine hollandaise.

309 — Marine hollandaise.

CARPENTERO

310 — Paysage.

A droite, des arbres bordant une route sur laquelle cheminent des villageois ; à gauche, un petit cours d'eau tombant en cascade ; plus loin, l'entrée d'un bois.

COENÉ, de Bruxelles.

311 — Buveurs attablés.

CRAESBEKE (JOSEPH)

312 — Fumeur représenté en buste.

313 — Femme lisant une gazette.

CRAYER (GASPARD DE

314 — La Madeleine en pleurs.

CROOS (A. VAN)

315 — La Fontaine.

CUYLEMBURG

316 — Le bain de Diane.

> Cabinet du prince Paul de Wurtemberg.

CUYP (ALBERT). Attribué à.

317 — Officier hollandais.

> Monté sur un cheval bai; il porte un large feutre orné de plumes, habit jaunâtre avec ceinture rouge, grandes bottes en buffle; de la main droite il tient un mousquet. Fond de paysage.

318 — Cheval blanc à l'écurie.

CUYP (BENJAMIN)

319 — L'ange apparaît au berger, et leur annonce la naissance du Messie.

DEBOIS

320 — Paysage.

> A gauche, l'entrée d'un bois; à droite, vaste campagne avec collines; dans le fond, une ville. Soleil couchant.

HEEM (David de)

321 — Raisins, prunes, oranges, citron à demi pelé, vase et plat, le tout sur une table.

DELEN (Thierry van)

322 — Gentilhommes visitant un palais.

323 — Fleurs et coquilles.

DENNER (Balthazar). Attribué à

324 — Tête de vieillard.

325 — Autre tête de vieillard.

DIÉPENBÈKE (Abraham van)

326 — La reine Thomoris.

327 — Bacchante et faunes portant des fruits.

DIÉTRICH (E.). Signé, 1757.

328 — Paysage avec entrée de bois,

DIÉTRICH (E.)

329 — Entrée de ville où des villageois chargent une voiture de foin.

330 — Femme âgée, en buste.

331 — Le Barbier flamand.

332 — Le Marchand d'orviétan.

333 — Moines en prière.

Deux pendants.

DIÉTRICH (W.). Attribué à.

334 — Composition connue sous titre : La Faiseuse de crêpes.

DOES (Van der)

335 — Paysage, avec animaux gardés par un villageois.

DOW (Gérard). Attribué à.

336 — Dame hollandaise.

DROOGSLOOT (Corneille)

337 — Portrait de ce peintre, représenté assis devant un tableau qu'il termine.

DUSSART (Corneille)

338 — Fumeur appuyé sur une fenêtre entourée de feuilles de vigne.

DYCK (A. van). Attribué à.

339 — Portrait de Jean de Witt, grand pensionnaire de Hollande.

340 — Le Christ expirant sur la Croix.

341 — Portrait d'un personnage de distinction.

ELZHEYMER (Adam)

342 — Le Sacrifice d'Abraham.

Sur un terrain montueux, Abraham a dressé le bûcher devant lequel est son fils Isaac qui attend le coup qui doit le frapper.

343 — Cérès à la recherche de sa fille Proserpine.

EVERDINGEN (Albert van)

344 — Paysage.

Site norwégien.

FALENS (Charles van)

345 — Cheval blanc conduit par un palefrenier.

FERG (François)

346 — Le Marché.

Sur le devant, la place d'un marché animée par de nombreuses figures ; dans le fond, à gauche, l'entrée d'une ville ; à droite, la mer et quelques voiles.

Vente Dufouleur.

346 *bis* — Paysages avec ruines.

Deux pendants.

347 — Deux entrées de ville animées de figures.

Collection Dufouleur.

348 — Moïse frappant le rocher.

FERGUSSON (Guillaume)

349 — Oiseaux morts et Fruits.

4

FRANCK (F.) et Van KESSEL

350 — Médaillon représentant la Vierge et Jésus.

Il est entouré d'une guirlande de fleurs exécutée par Van Kessel.

FRANCK (Sébastien)

351 — Daniel jeté dans la fosse aux lions.

352 — Six médaillons représentant des scènes de la Passion.

GOGEN (V. G.)

353 — Marine. Gros temps.

Signé, 1647.

354 — Paysage.

Site hollandais.

355 — L'Entrée d'un village.

GOLDZIUS

356 — La Vierge, Jésus et sainte Anne.

GREVENBROCK

357 — Bataille.

GRIFF (Adrien)

358 — Chien de chasse et Gibier mort.

359 — Chien gardant du gibier.

360 — Chien de chasse poursuivant un canard sauvage.

HÉDA (Guillaume)

361 — Poissons et Vase sur une table.

HEEM (J. de)

362 — Fruits sur une table. Signé.

HELMONT (Mathieu Van)

363 — Buveurs à la porte d'une auberge.

HELMONT (van). Attribué à.

364 — Buveurs attablés.

HELST (VAN DER)

365 — Dame hollandaise.

Vue en buste, presque de face, vêtue de noir avec large collerette et béguin blanc.

HEEMSKERK (EGBERT VAN)

366 — Deux Villageois près d'une table. L'un deux joue de la flûte.

HERMAN SWANEVELT, dit HERMAN D'ITALIE

367 — Paysage avec ruines, figures et animaux.

HOET (GÉRARD)

368 — Baigneuses dans un parc. Signé.

HOOCK (ROBERT VAN)

369 — Composition composée de plusieurs centaines de figures représentant un campement d'une armée du Roi Louis XIV.

HORREMANS

370 — Jeune Femme consultant un empirique.

HOUT (DE)

371 — Paysage, site agreste. Sur une route, deux cavaliers.

HUYSUM (JEAN VAN). Attribué à.

372 — Paysage.

Au centre, une rivière avec pont rustique sur lequel passent des moutons conduits par un villageois; à droite, un monastère, dans le fond une ville et des montagnes.

KALF (GUILLAUME)

373 — Intérieur de cellier.

374 — Ustensiles de cuisine.

Bonne qualité du maître.

375 — Livres et divers accessoires.

KESSEL (JEAN VAN)

376 — Paysage rappelant les compositions d'Hobbéma.

KESSEL (Ferdinand Van)

377 — Fleurs contenues dans un vase.

KOBELL (Henry)

378 — Paysage.

A gauche, un coteau couronné d'arbres, puis une route où sont arrêtés des voyageurs ; à droite une rivière et une barque avec quelques figures ; dans le fond, une ville. Signé.

378 *bis* — Paysage.

Même genre et pendant du précédent.

KOBELL D'UTRECH

379 — Ferme, avec grand nombre d'animaux.

KLOMP (Albert)

380 — Pâtre gardant des animaux.

Collection Desprez.

KONING (Salomon de)

381 — Portrait de Rembrandt.

382 — Tête de jeune femme.

KRANACK (Lucas)

383 — Adam et Ève dans le Paradis terrestre.

Collection du roi de Hollande.

KUERFURTH

384 —· Le Maréchal ferrant.

LAAR (Pierre de)

385 — Halte de cavaliers près d'une cantine.

LAMBRECH

386 — Intérieur de cuisine. Sur le devant, une femme assise épluche des légumes.

387 — Intérieur. Trois figures.

Pendants du président.

MEEN (Van der)

388 — Portrait de Marie-Thérèse d'Autriche.

MEER (Van der), de Yong.

389 — Villageoise gardant des chèvres. Paysage.

METZU (Gabriel). D'après.

390 — La Marchande de gibier.

Une dame hollandaise suivie d'un jeune domestique, marchande un lièvre à une bonne vieille assise à la porte d'une boutique ambulante.

391 — La Visite. Intérieur; trois figures.

MEULEN (Van der)

392 — Les Équipages de Louis XIV quittant le château de Marly. Vue prise à vol d'oiseau.

393 — Autre Vue du château de Marly. L'Arrivée du roi Louis XIV.

MICHAUD (Théobald)

394 — Paysage avec grande quantité de figures.

395 — Paysage avec figures et animaux.

MICHAUD (Théobald)

396 — Deux Paysages animés de figures.

MIÉRIS (François), le fils.

397 — Vénus couchée dans un paysage.

MIÉRIS (Guillaume). Attribué à.

398 — Le Lever. Intérieur. Jeune Dame sortant de son lit, près duquel est un jeune enfant.

MIREVELT (Pierre)

399 — Personnage hollandais.

MOLYN (Pierre)

400 — Paysage avec canal.

401 — Paysage avec ferme.

MONI (Louis de)

402 — Jeune Dame hollandaise tenant un épagneul sur ses genoux.

MALNAER (Jean)

403 — Estaminet hollandais.

404 — Une Femme et deux Buveurs.

MOOR (Carle de)

405 — Le Retour de la Chasse.

Chambre basse ; sur le devant, un chasseur endormi près de son chien ; derrière, une servante lui apporte un verre rempli de vin ; dans le fond, un valet de chasse accroche au mur un coq de bruyère.

MOUCHERON (Isaac)

406 — Paysage.

Site italien, campagne accidentée ; sur le devant une route avec un cavalier, un voyageur et des chiens.

407 — Paysage avec cours d'eau.

407 *bis* — Autre paysage avec Lavandières.

MOUCHERON (Frédéric). Figures par Van de Velde.

408 — Paysage.

A gauche, de grands arbres avec monuments antiques ; sur une route, bergers et bergère gardant des moutons.

NEER (Arthur Van der)

409 — Paysage. Clair de lune.

A droite un village, au centre un canal et quelques voiles,
à gauche un moulin et des chaumières ; ciel chargé de nuages.

NEER (Arthur Van der). École de.

410 — Paysage avec rivière et pont. Effet de lune.

NEER (Arthur Van der). Attribué à

411 — Clair de lune.

Canal hollandais, au centre un village ; sur la rive gauche,
des maisons entourées d'arbres et un moulin ; sur la droite,
habitation d'un pêcheur.

NETSCHER (Gaspard)

412 — Portrait d'un personnage de distinction.

En buste de trois quarts à droite, tête nue, cheveux longs,
habit brodé d'or, manteau en velours cramoisi ; fond de
paysage.

413 — Dame de l'époque de Louis XIV, sous la figure de
Diane.

NETSCHER (Constantin)

414 — Gentilhomme hollandais.

415 — Gentilhomme hollandais assis sous un péristyle.

OMMEGANCK (Balthazar)

416 — Animaux au pâturage.

OS (Jean van)

417 — Canal hollandais.

A droite le canal avec quelques voiles, à gauche la rive et des animaux à l'abreuvoir ; puis un tertre où se reposent deux colporteurs ; plus loin un pont et l'entrée d'un village. Signé en toutes lettres.

OS (Jean van). Attribué à.

418 — Bouquet de fleurs et nid d'oiseaux.

OSTADE (Adrien)

419 — Jeune Femme à une croisée ; près d'elle est un homme qui cherche à l'embrasser.

OSTADE (ADRIEN). École de.

420 — Les Fiançailles.

    Intérieur avec buveurs, fumeurs et ménétriers.

421 — Estaminet hollandais.

OSTADE (ISAAC). Genre de.

422 — Buveurs et Fumeurs réunis dans une chambre basse.

OSTADE (A.). D'après.

423 — Le Maître d'école hollandais.

PÉETERS (BONAVENTURE)

424 — Marine. Gros temps.

POEL (VAN DER)

425 — L'Incendie.

    Les flammes ont envahi le centre d'un village au milieu duquel coule une rivière ; sur plusieurs points des villageois accourent pour combattre le feu.

POLENBURG (Corneille)

426 — La Madeleine est en prière à l'entrée d'une grotte;
dans les airs apparaissent des chérubins qui portent
une croix.

POL (van)

427 — Fleurs et fruits dans une corbeille.

PORBUS (François)

428 — Dame de la cour de Henry IV.

429 — Dame de la même époque.

430 — Portrait de la belle Gabrielle.

PORBUS (F.). École de.

431 — Dame de la cour de Henry IV.

432 — Dame de l'époque de Henry IV.

433 — Portrait de Femme de l'époque de Henry IV.

RAVESTEIN (Jean van)

434 — Anachorète dans une grotte.

435 — Anachorète lisant.

REGMORTER

436 — Paysage.

Site hollandais.

REMBRANDT (Paul van Ryn). Attribué à.

437 — Portrait de Rembrandt.

REMBRANDT. École de.

438 — Personnage oriental.

439 — Tête de jeune femme.

440 — Jeune femme coiffée d'une toque.

441 — Tête d'homme.

ROOS (Henri), de Francfort.

442 — Animaux au repos.

ROOS (Henri). Genre de.

443 — Paysage avec pâtre et Animaux.

ROMYN (Guillaume van)

444 — Paysage avec plusieurs vaches couchées, une autre debout et des moutons au repos. Fond montagneux.

ROTHENAMER

445 — Bacchus et Ariane.

Pomone et des Amours offrent des fruits au Dieu et à la Déesse.

RUBENS. Ecole de.

446 — La Cène.

447 — Tête de femme.

RUYSDAEL (Salomon)

448 — Paysage.

A droite une chaumière, au centre une rivière avec vanne ; à gauche route avec villageois conduisant une charette.

449 — Canal bordant la ville de Dordrecht.

450 — Canal hollandais et entrée de ville.

RUYSDAEL (Jacques). Ecole de.

451 — Paysage.

Sur le devant, des broussailles et un tronc d'arbre, plus loin à gauche un chemin sablonneux conduisant à un bois ; à droite une rivière que passent à gué un berger et son troupeau.

RUYSDAEL (Jacques). D'après.

452 — Paysage avec chute d'eau.

RUYCH (Rachel)

453 — Plante, Tête de mort, Insectes et Fleurs.

454 · Fruits sur une table de marbre.

SALUCKI

455 — Pâtres et Animaux.

SAFTLEVEN

456 — Deux vues des bords du Rhin.

SCHUTZ, de Francfort

457 — Une vue des bords du Rhin.

SCHOVAERTS (M.)

458 — Kermesse flamande.

459 — Paysage avec terrain éboulé.

460 — Une Vue des bords du Rhin.

461 — Fête sur la place d'un village.

462 — Ports de mer animés d'une grande quantité de figures.

Deux pendants.

SCHOVAERTS (M.)

463 — Entrées de villes et places publiques.

> Deux pendants.

SLINGELANT (Pierre van)

464 — Personnage hollandais.

> Vu en buste de trois quarts, à gauche, cheveux longs, cravate blanche, habit violet ; son bras gauche est appuyé sur une balustrade. Fond de paysage.

STEENWYCK (Pierre)

465 — Intérieur d'église avec figures.

466 — Intérieur d'église.

STORCK (Abraham)

467 — Marine hollandaise.

STRY (van)

468 — Animaux au repos dans un pâturage.

SWARTZ

469 — Paysage avec voituriers.

470 — Autre Paysage.

Pendant du précédent.

TENIERS (David), le fils.

471 — Intérieur flamand. Deux personnages ; l'un d'eux se chauffe en bourrant sa pipe.

472 — Anachorètes retirés dans une grotte.

473 — Cour de ferme.

474 — Homme lisant une lettre.

475 — La Leçon de flûte.

476 — Deux Villageois causant à la porte d'une chaumière. Composition dite « Déjeûner du maître. »

477 — Route entre des rochers; sur le devant causent des villageois.

TENIERS. École de.

478 — Personnage flamand.

479 — A la porte d'une hôtellerie, des villageois s'exercent
au tir à l'arc.

480 — Le Rémouleur flamand.

481 — Homme lisant une gazette.

TENIERS fils. Attribué à.

482 — Estaminet flamand. Trois Buveurs.

TENIERS (D.) père

483 — Le Chirurgien flamand.

TILBORGK (Gilles van)

484 — Deux Buveurs.

485 — Les Vendangeurs.

TOL (Dominique van)

486 — Vieille Femme comptant des pièces d'or.

487 — Femme âgée lisant.

TORENT (Vliet)

488 — Tète de Bacchante.

TRAUTTMANN

489 — Deux Sujets ayant trait à la vie d'Isaac.

VELDE (Esaï van de)

490 — Soldats espagnols dans les Flandres.

VERBEEK

491 — Personnage hollandais.

492 — Portrait d'un savant.

VINCKEBOONS (David)

493 — Composition capitale, gravée sous le nom « de la
Fête vénitienne. »

Pièce remarquable rappelant les œuvres de Van der Venne.

VILLERS (van)

494 — L'Incendie de Troie.

495 — L'Incendie de Sodome.

VLIET (Torent)

496 — Femme âgée.

497 — Savant tenant un livre.

498 — Homme se soignant une blessure à la jambe.

WETHOOS (Mathieu)

499 — Belles Fleurs contenues dans un vase en marbre
sculpté. Il est posé sur une table où sont des grappes de
raisins.

WATERLOO (Antoine)

500 — Paysage boisé avec chaumières.

WERBEEK

501 — Marché à l'entrée d'un village.

WEENIX (J.-B.)

502 — Gibier mort, Fruits et accessoires de chasse.

WOUVERMAN (Philippe)

503 — Le Pont.

A gauche un monticule couronné d'arbres, au centre une petite rivière avec pont rustique sur lequelle passe un villageois; sur le devant une route avec des mendiants, un chasseur et son chien; fond avec colline; ciel bleu avec nuages légers.

WOUVERMAN (Philippe). Attribué à.

504 — L'Embarquement.

A gauche, un bras de mer; sur le devant, un quai avec bateau amarré ; sur le quai, des hommes du port chargeant une charette ; dans le fond, l'entrée d'une ville. Signé du monogramme, 1660.

WOUVERMAN (Pierre)

505 — Les Bohémiens.

Près d'une tente sont réunis des Bohémiens, hommes, femmes et enfants ; quelques-uns se désaltèrent à l'eau d'une petite rivière.

506 — Trois personnages près d'un cheval blanc.

WOUVERMAN. Genre de.

507 — Cavaliers arrêtés à la porte d'une auberge.

WYNANTZ (Jean)

508 — Paysage.

A gauche, un coteau sablonneux ; sur le devant, une route où chemine un cavalier ; au centre, une rivière ; dans le fond, campagne accidentée ; ciel nuageux.

WYNANTZ (Jean). Attribué à.

509 — Paysage avec route et cavaliers.

Cabinet de M. de Silvestre.

WYNANTZ. Genre de.

510 — Paysage avec terrains éboulés ; sur une route des chasseurs.

XAVERY

511 — Villageoise gardant des animaux.

512 — Animaux gardés par un pâtre.

ZORGH (Henri)

513 — Intérieur de cellier.

514 — Réunion de paysans dans un estaminet flamand.

ECOLES

ITALIENNE & ESPAGNOLE

BATONI (Pompéo)

515 — L'Extase de Saint François.

BENEDETTO (Castiglione)

516 — Marche de Bohémiens.

Deux pendant:

BRONZINO (Allori)

517 — Deux portraits : Enfants de la maison des Médicis.

CARRACHE (Annibal)

518 — Sainte Famille.

519 — Paysage. Moïse sauvé des eaux.

CIGOLI (Gardi)

520 — Sainte Famille.

521 — Madeleine repentante.

CORTONI (Piétro)

522 — Jeune Femme en buste, jouant de la flûte.

CRESPI (Mario)

523 — Paysage pastoral.

524 — Allégorie religieuse.

525 — La Mort de la Vierge.

GUARDI (Francesco)

526 — Les bords de l'Adriatique.

527 -- Entrée d'une ville italienne.

528 — Paysages. Marines.

Deux pendants.

LUCATELLI (Andréa)

529 — Deux paysages avec monuments en ruines.

MARATTI (Carlo)

530 — L'extase de Saint François.

531 — L'Enfant Jésus sur les genoux de sa mère.

MARIESCHI (Jacopo)

532 — Vue du grand canal et de la Douane. Venise.

533 — Marine.

534 — Vue d'un canal et de la douane de Venise.

NICASUIS

535 — Gibier mort et accessoires.

Cabinet Silvestre.

ORIZONTI (van Bloemen)

536 — Deux paysages.

Sites italiens.

OZORIO (Ménésès) ·

537 — La Sainte Famille.

Cabinet Silvestre.

PANNINI (Jean Paolo)

538 — Paysage avec ruine antique.

539 — Femmes italiennes et soldats près de ruines antiques.

PANNINI. Ecole de.

540 — Paysages avec ruines antiques.

Deux pendants.

PIATZETTA (J. B.)

541 — Vieillard, en buste.

542 — Vieille femme et jeune enfant.

RIBERA, dit l'Espagnolet. Attribué à.

543 — Saint apôtre.

ROMANELLI (Urbain)

544 — La Vierge, Jésus et le petit saint Jean.

545 — Paysage, avec figures et animaux.

Sites italiens.

SALVATOR ROSA

546 — Paysage.

Site agreste.

SALVIOUSE

547 — Port de mer.

548 — Port de mer.

SERVANDONI (J. J.)

549 — Paysage avec ruines antiques.

SOLIMÈNE (Francesco)

550 — L'Assomption.

La Vierge, arrivée au séjour céleste, est reçue par l'ange Gabriel qui lui offre une branche de lis.

SOLIMENE. Attribué à.

551 — Saint Augustin, sainte Véronique, entourés de petits chérubins.

SIMONINI (Fancesco)

552 — Deux Batailles.

STELTA (Jacques)

553 — L'Adoration des bergers.

554 — La Visitation.

555 — L'Annonciation.

556 — Le Départ pour le marché.

STELTA

557 — Composition à figures grotesques.

Un jeune homme fait danser des marionnettes; autour de lui est un groupe de bambins à grosses têtes.

TIEPOLO (J. B.)

558 — L'Assomption de la Vierge.

VANNI (le chevalier)

559 — Sainte Élisabeth offre une pomme à l'Enfant Jésus, qui est assis sur les genoux de la Vierge.

VITELLI (van)

560 — Port de mer italien.

561 — Port de mer.

562 — Paysage. Site d'Italie.

ZAMPIERI (Dominico). École de.

563 — La Madeleine se dépouillant de ses bijoux.

INCONNUS

564 — Portrait de Henri VIII d'Angleterre.

565 — Portrait d'Élisabeth d'Angleterre.

566 — Perdrix et accessoires.

Portant les initiales H R.

567 — Paysage.

6

INCONNUS

568 — Le Gué.

569 — Poissons, Fruits et Ustensiles de ménage.

570 — Gentilhomme français.

571 — Six Personnages des époques de Henri IV et de Louis XIII.

ÉCOLE FRANÇAISE

572 — Portrait de l'impératrice Joséphine.

573 — Chien de chasse dans un marais.

574 — La Toilette de Vénus.

575 — Bacchus et Ariane.

576 — Sainte Catherine tenant la palme.

577 — Le Bain de Diane.

578 — Amours aiguisant leurs armes.

Vernis Martin.

579 — Sujet mythologique.

Vernis Martin.

ÉCOLE HOLLANDAISE

580 — Dame hollandaise.

581 — Dame espagnole.

582 — Magistrat hollandais. En buste.

583 — Paysage avec rivière.

584 — Jeune Femme et Enfant à une fenêtre.

ÉCOLE FLAMANDE

585 — L'Amateur de tableaux.

ÉCOLE ITALIENNE

586 — Portrait d'Alexandre Farnèse, duc de Parme.

587 — Portrait de la duchesse de Parme, femme du précédent.

588 — Portrait d'Alexandre Farnèse, duc de Parme. 1589.

ÉCOLE ITALIENNE

589 — L'Assomption de la Vierge.

590 — Le Baptême de Jésus.

Peinture sur lapis lazuli.

591 — La Fuite en Egypte.

ÉCOLE ALLEMANDE

592 — Deux paysages.

Signés du monogramme : A R.

593 — Paysage avec rivière.

ANCIENNE ÉCOLE ALLEMANDE

594 — L'Adoration des Mages.

—————

595 — Sous ce numéro grande quantité de tableaux non catalogués.

596 — Environ cent Bordures de toutes grandeurs; la plus grande partie en bois sculpté.